康巴作家群书系（第四辑）

仰望昆仑

魏彦烈　著

作家出版社

"康巴作家群"书系编委会

为"康巴作家群"书系序

阿 来

康巴作家群是近年来在中国文坛异军突起的作家群体。2012年和2013年，分别在四川文艺出版社和作家出版社出版了"康巴作家群"书系第一辑和第二辑，共推出十二位优秀康巴作家的作品集。2013年，中国作协、中国社科院少数民族文学研究所、中国少数民族作家学会等在北京联合召开了"康巴作家群作品研讨会"，我因为在美国没能出席这次会议。2015年和2016年，"康巴作家群"书系再次推出"康巴作家群"书系第三辑、第四辑，含数十位作家的作品。这些康巴各族作家的作品水平或有高有低，但我个人认为，若干年后回顾，这一定是一个重要的文化事件。

康巴（包括四川省的甘孜藏族自治州、西藏的昌都地区、青海的玉树藏族自治州和云南的迪庆藏族自治州）这一区域，历史悠久，山水雄奇，但人文的表达，却往往晦暗不明。近七八年来，我频繁在这块几十万平方公里的土地上四处游历，无论地理还是人类的生存状况，都给我从感官到思想的深刻撞击，那就是这样雄奇的地理，以及这样顽强艰难的人的生存，上千年流传的文字典籍中，几乎未见正面的书写与表达。直到两百年前，三百年前，这一地区才作为一个完整明晰的对象开始被书写。但这些书写者大多是外来者，是文艺理论中所说的"他者"。这些书写者是清朝的官员，是外国传教士或探险家，让人得以窥见遥远时的生活的依稀面貌。但"他者"的书写常常导致一个问题，就是看到差异多，更有甚者为寻找差异而至于"怪力乱神"也不乏其人。

而我孜孜寻找的是这块土地上的人的自我表达：他们自己的生存感。他们自己对自己生活意义的认知。他们对于自身情感的由衷表达。他们对于横断山区这样一个特殊地理造就的自然环境的细微感知。为什么自我的表达如此重要？因为地域、族群，以至因此产生的文化，都只有依靠这样的表达，才得以呈现，而只有经过这样的呈现，才成为真正意义上的存在。

未经表达的存在，可以轻易被遗忘，被抹煞，被任意篡改。

从这样的意义上讲，未经表达的存在就不是真正的存在。

而表达的基础是认知。感性与理性的认知：观察、体验、反思、整理并加以书写。

这个认知的主体是人。

人在观察、在体验、在反思、在整理、在书写。

这个人是主动的，而不是由神力所推动或命定的。

这个人书写的对象也是人：自然环境中的人，生产关系中的人，族群关系中的人，意识形态（神学的或现代政治的）笼罩下的人。

康巴以至整个青藏高原上千年历史中缺乏人的书写，最根本的原因便是神学等级分明的天命的秩序中，人的地位过于渺小，而且过度地顺从。

但历史终究进展到了任何一个地域与族群都没有任何办法自

外于世界中的这样一个阶段。我曾经有一个演讲，题目就叫做《不是我们走向世界，而是整个世界扑面而来》。所以，康巴这块土地，首先是被"他者"所书写。两三百年过去，这片土地在外力的摇撼与冲击下剧烈震荡，这块土地上的人们也终于醒来。其中的一部分人，终于要被外来者的书写所刺激，为自我的生命意识所唤醒，要为自己的生养之地与文化找出存在的理由，要为人的生存找出神学之外的存在的理由，于是，他们开始了自己的书写。

正是从这个意义上，我才讲"康巴作家群"这样一群这块土地上的人们的自我书写者的集体亮相，自然就构成一个重要的文化事件。

这种书写，表明在文化上，在社会演进过程中，被动变化的人群中有一部分变成了主动追求的人，这是精神上的"觉悟"者才能进入的状态。从神学的观点看，避世才能产生"觉悟"，但人生不是全部由神学所笼罩，所以，入世也能唤起某种"觉悟"，觉悟之一，就是文化的自觉，反思与书写与表达。

觉醒的人，才是真正的人。

当文学的眼睛聚光于人，聚光于人所构成的社会，聚光于人所造就的历史与现实，历史与现实生活才焕发出光彩与活力。也正是因为文学之力，某一地域的人类生存，才向世界显现并宣示了意义。

而这就是文学意义之所在。

所以，在一片曾经蒙昧许久的土地，文学是大道，而不是一门小小的技艺。

也正由于此，我得知"康巴作家群"书系又将出版，对我而言，自是一个深感鼓舞的消息。在康巴广阔雄奇的高原上，有越来越多的各族作家，以这片大地主人的面貌，来书写这片大地，来书写这片大地上前所未有的激变、前所未有的生活，不能不表达我个人最热烈的祝贺！

文学的路径，是由生活层面的人的摹写而广泛及于社会与环境，而深入及于情感与灵魂。一个地域上人们的自我表达，较之于"他者"之更多注重于差异性，而应更关注于普遍性的开掘与建构。因为，文学不是自树藩篱，文学是桥梁，文学是沟通，使我们与曾经疏离的世界紧密相关。

（作者系四川省作协主席，茅盾文学奖获得者，这是作者为"康巴作家群"书系所作的序言）

目录

立 冬

风刮了一夜

感冒就开始流行

阳光有气无力地爬上山坡

几片云徘徊着

预报不知是雪还是雨

落光的枝头

再也想不起春天的模样

牛羊照样早出晚归

溪水的声音

像一个人不停的咳嗽

初 冬

一阵风追着一阵风

顺着山沟疯跑

雪只是意思了一下

扭头便走

炊烟站在屋顶

不停地伸着懒腰

废弃的电杆

举起鹰破旧的巢

像一顶毡帽在头上反戴着

我从树下经过

一片叶子重重地砸下来

寂寞倒挂枝头

如六月结满的果

冬 日

立冬之前
雪就占领了远处的山头
那云
像用旧抹布
一遍一遍地擦
天空被染了几遍
轻轻一捏
就能捏出半盆蓝来
一只乌鸦的闯入
成了抹不去的污点
狗的叫声
慌乱了羊群晚归的脚步

落 叶

天空就这么阴着脸

没有一丝风

叶子却一片一片地从枝头坠落

整个早上

仿佛溜走的只是时间

有细微的声音一再提醒

别回头

一直往前走

思 念

风撕下一绺雪

扎住秋天流血的伤口

骤降的气温

冻结了一只鹰飞翔的冲动

梦一片接着一片

从枝头坠落

思念孤独地站在拐弯处

找不到回家的路

冬日记事

失眠折腾了上半夜
也不放过下半夜
一张用旧的羊皮褥
裹不住从门缝漏进的风
落叶的声音
压低了溪水走动的脚步
咳嗽捶打着鼓面
一声比一声急
那个站在梧桐树下的女子
走不进一个冰冷的梦
窗外有狗
狠狠地叫了几下

送寒衣

纸做的面子
里子也是
薄薄的一层棉花
我知道
一根火柴燃烧的火焰
抵御不了越降越低的气温
也许
那里没有人间这么冷

嘛呢石城

石头砌成的城堡
像一本厚厚的经书
安放着多少放生的灵魂
一块石头就是一个故事
或悲或喜
一块石头里都坐着一个佛
从不向命运低头的人
顺着时光转动的脚步
被石头发出的声音驱使着
顾不得回头
朝来处短暂地张望

号 码

从来都没联系过
你就在手机里待着
我们肯定见过，也许不止一次
或者只是偶尔相遇
我想了十分钟
还是一点印象都没有
记忆搁置久了
就会生锈，甚至腐烂
像一粒浮尘
经不住轻轻一擦

掏 空

我狠狠地咬了一下中指
还以为在梦里
有许多手伸过来
就像站台开出的列车
像城市与乡村之间伸手的高楼
如果有足够的雨水
医院、学校、商店、餐馆、菜市场
都成了生长的土壤
他们或明或暗
他们贪婪，甚至不择手段地
翻过每一个缝紧的衣袋
我常常入不敷出
常常身无分文

相　思

夜晚在纺车上转动
寂寞越抽越长
思念的梭子
在漆黑里来回穿梭
月光织成的布
补不住流血的伤口
撕开一段往事
一半被黎明叫醒
一半在梦里沉睡

诗 人

写了多年

睡眠越来越差

烟瘾却越来越大

只有对着一面镜子

才发现头发只剩下数得清的几根

常常背过妻子

勒紧裤带从口里抠出一些钱

一本一本地出书

然后看着别人的脸色

像卫生纸一样一摞一摞地送出

公开或者私下

聚会、喝茶、闲谝、吹牛

我羞于说出诗人的身份

找不到一个合适的位置

习惯了与神经病、疯子并肩而坐

甚至想着做一回女人

你也可以叫我妓女

我只有付出却没有收获

倾 诉

瘦下来的山

裸露出一把骨头

一些来不及修饰的词语

都被荒凉替代

寂寞塞满了

草原的角角落落

越刮越大的风

把相思逼向每一个黄昏

我一个人抽烟

一个人温酒，一个人喝

一个梦做了半截

还剩下半截

真 相

一场戏彩排了一生

演到最后

却草草收场

脱下一身戏装

洗净脸上或浓或淡的脂粉

便露出事情的真相

人生的舞台上

没有主角也没有配角

我们只是跑龙套的小生

称 呼

回到老家
有人喊哥，有人喊伯
也有人叫我爷爷
天呀，确实老了
至少在一些小孩眼里
比我大的人
有的耳朵聋了，眼睛花了
有的腿脚不便，牙齿脱光
一些更老的人
我找遍整个村子
都没露面

放 下

秋深了

草原放下花朵

树放下叶子

河水放下涛声

雁放下飞翔

庄稼放下生长

往事已远

我却抓住一点记忆

毫不松手

牧 人

几千亩草场是他的
三五十头牦牛是他的
他守着山旮旯一间破旧的小屋
守着墙壁上一尊佛像
他喝牛奶，吃牛肉
用牛粪煮熟一成不变的生活
像一只狼
一遍一遍巡视着划定的领地
巡视着他的猎物
他的父亲，父亲的父亲
这样过了一辈子
他的儿子还有孙子
一辈子也会这样

命 运

伸手
抓住一片落叶
放在掌心
翻来倒去
却看不出一点曾经
发生过的事
都已死去
沿着叶脉小心地走
命运
就等在下一个路口

一只小羊羔

一只小羊羔在山坡

一会儿跑，一会儿跳

多像一个撒娇的孩子

天真、俏皮、好动

套在嘴巴的几根竹签

断了吃奶的念头

夕阳落在背上

像一把弯刀，远远地看去

突然想起我的童年

想起餐馆里一盘可口的羊排

想起街头烤熟的羊肉串

我真不想说出

快点长大

凋　零

草经不住严刑拷打

不得不低头弯腰

交出身体里残留的水分

成堆的落叶

像一封封发黄的旧信笺

密密麻麻地写满死亡

风操一口方言

翻来覆去地念着几句悼词

语言已经苍白

只有天空还蓝着

一眼望不到边的草原

寂寞紧挨着寂寞

无字碑

夜晚抬着一片叶子
高高低低行走
跟在身后的风
扛着一把生锈的铁锹
几十里山路
雪提着竹篮
把大把的纸钱撒向天空
一座新坟
空埋了一段时光
黎明扶起一块石头
又是一个无字碑

忧 伤

风像个剃头匠
二三下，就刮光了
远山满头白发
一天天浅下来的水
裸露出一条河隐藏的私处
红柳的枝头也只剩下
几声哭泣，冰冷的月光
灌满喝空的酒瓶
忧伤如霜，压弯了异乡人
疯长的胡子

老 屋

几根木头搀扶着身体

站在通天河岸

像一件穿旧的羊皮袄

时光一根根地拔光全身的毛

露出千疮百孔的伤

八十多岁的老人

沿着木梯一次次爬上屋顶

眺望着，一只羊皮筏

卸下一些往事

又装载一些往事

在岸与岸之间

来回摆渡

天葬台

解开世俗的纽扣
那些掖藏了一辈子的事
便光溜溜地露出
一把刀子，从胸口或者后背
剜出肉皮下流血的痛
抡起的铁锤
砸碎那些最坚硬的记忆
乌鸦与秃鹫
疯抢了一顿免费的午餐
一个人，干干净净地来
又干干净净地走

性 别

你发纸条说
如果是女人
还有上点姿色
就会有铺天盖地的约稿
我的头像告诉所有闲逛的人
我只是一个男人
而且还有些苍老
那就下辈子了
做个女人
一次次整容变形
让身体沾些性感的味道
但不会与诗有染

入冬，我眼里的草原

像一块用旧的抹布
晾在落光的枝头
阳光拧干最后一滴绿
新生的牛犊
咬住母亲虚脱的奶头
使劲拱了几下
麻雀多少有些不安
风的情绪越来越糟糕
远山像一堆黄土
埋了昨天的样子

夜

比棺盖还重的夜
压下来
又被几根钉子钉住
紧接着一场雪
封锁了与世俗的牵扯
平躺或者侧身
总有一些丢不开的往事
坐在床头发呆
虚晃的身影提着一盏油灯
穿过稠密的玉米地
风尖叫着转过身
记忆就站在村口

也 许

也许只是街头偶尔的相遇
或者回头短暂的注视
这世界有天涯也有海角
一辈子等不来一次擦肩
也许一张口就能说出
或者简单的一句话就能表白
总有很多借口一拖再拖
现在说与不说都没有任何意义
人生的拥有都是前世修来的缘
拉住的手轻意别松开
不经意间犯下的错
注定一切可能都不可能存在

车过长拉山垭口

上山的路
拐过一个弯，又拐过一个
数着数着就乱了
车开始大口大口地喘着粗气
坐在车上的人也喘着
一片云刚才都还在头顶
一会儿便到了脚下
雨说来就来
垭口稳坐在山的最高处
守着四千七百米的海拔
一言不发
只有站在路边的经幡
使劲地招手，嘴里念叨着
扎西德勒

冬 夜

风拧紧的鞭子

不停地抽打

思念已无处藏身

昏暗的灯光

从墙缝里抠出一些往事

寂寞如一把匕首

刺向夜晚的胸口

止不住的血

从眼睛里流出

失眠抢起一把大锤

一下一下地

把你的影子钉在床头

敲 打

掐灭一根烟
一笔一画地拆开你的名字
敲打着黑色的键盘
就像一个和尚
面对着佛
不停地敲打着木鱼
油灯越来越浅
香灰一截一截掉下来
梦里，总有急促的声音
敲打着老屋的门环

梦

一个从没见过的人
像一缕风，从东边吹来
吹进我梦里
吹进我的身体
吹进每一根骨头
这时，窗外飘着雪花
我肯定感冒了
体温升过三十八度
迷迷糊糊地
喊出一个人的名字

午 后

风从草原吹过

散开的云朵

把整个天空交给一片蓝

成群的牛羊

爬在山坡

阳光落在寺院

落在经堂上

绕着嘛呢石堆转经的人

一些走了，另一些又来

三五个和尚

坐在河对岸

像一朵朵花

盛开着

小 雪

按理说
一场雪早该来了
或者说现在应该下着
牛羊并不会在意
风越来越烦躁不安
草原像误过婚嫁的老女人
站在孤独的山顶
扯住一片云反复打探
一只狗懒洋洋地
卧在正午的阳光下
一动不动地
消磨着美好时光

假 如

假如
把一次相遇
朝前搬上十年
发生过的事
都得推倒
重来
比如
一把钥匙
换成另一把钥匙

往 事

异地的夜
被一阵风越吹越深
寂寞像黑色的煤块
成吨成吨地压向胸口
呼吸越来越弱
一个人的名字到了嘴边
使出全身的力气
还是喊不出
一些走远的往事
突然折回来
却被紧闭的木门夹住
拽了一夜
也只看到了半截

一扇从未敲过的门

一个从未做过的梦
躲过小区冰冷的路灯
孤独地
徘徊在冬日的寒风里
一扇从未敲过的门
猫眼里塞满
丢不下的牵挂
放下的手
又抬起，三番五次
一个晚上
摁不响一个门铃

等待一场雪

掰着几指头

把日子掐算了几遍

季节早过了分娩的日期

几片云

挺着鼓圆的肚腹

在天空徘徊着

风翻遍草原的角角落落

还是找不到一点有用的信息

枯萎从枝头落到草尖

零下的气温

冻结了黄昏烦躁的情绪

夜的咳嗽声

一阵比一阵急

送　别

几个男人抱在一起

像一团线

越缠越紧

伸出手

握出几滴泪

割不断的情谊

塞满行囊

一件洗了又洗的旧军装

转身

混进拥挤的人流

远走的背影

咋看

都是一名战士

距 离

玉树到西安

坐飞机

也得折腾一天

我喜欢面对一张地图

左眼看着玉树

右眼盯着西安

一边下着雪

一边花正艳

习惯开会

你得习惯开会
找一个引不起注意的墙角
可以一声不吭
也可以打盹
收起毫不耐烦的情绪
让一些熟悉的词语
以不同口气
从耳朵里出进
累了
就在够不着的深处
结痂
无聊的时候
再一点一点地掏出
一泡尿
得用劲憋着
一阵掌声过后
厕所挤不进
一张难看的表情

走囊谦

翻过尕日拉垭山口

就是想了多日的囊谦

一座巴掌大的县城

像一群散放走累的牛羊

懒散地卧在正午的阳光下

四千多米的海拔

悬空了几代人的梦想

风正搬着一点春色

沿山坡吃力地攀爬

孩子的笑声躲在经幡里

寻找丢失在童年的乐趣

满山的石头摆弄出矫情的姿势

猜不透的表情

像极了回忆里走出的那个姑娘

左看右看

都是一片拉不近的景

一座叫作乃加玛的神山

龟一样静卧在黄昏升起的薄雾里

几杯青稞酒

把整个夜晚弄得东倒西歪

城 市

如一团没和匀的面
被利益的枣木
越擀越大
越擀越薄
轻轻一提
就是一个大窟窿
沸水稍微一煮
铁勺舀起
一碗糨糊

唉，这个卧夫

海子走时

我真的伤心了好长一阵子

左看右看

伸向远方的铁轨就像一条毒蛇

车轮碾碎了

独自远行的脚步

一声鸣笛

会让我从梦里坐起

又一个卧夫

带着诗人的身份

把活生生的命

过早地交给死亡

这几天大家都忙着发帖

我却忙得顾不上悲痛

一只蝴蝶引诱着我全部心思

在一片油菜花里沉迷

也有稍微的空闲

宁愿坐在阳台上

看一阵风

吹动着树梢
好像一个人的身影
悄悄溜过
只留下一声叹息

青藏高原素描

再往深处走

还是山

就像横在生活里的坎

好不容易翻过一个

又遇到一个

不停地爬

还是爬不上一个山头

远处的云朵

是少年虚幻的景

脚尖踮了又踮

够不着向往的高度

黄昏卸下一天的劳累

骑在马背上

风声越来越近

草原像一口生锈的铁锅

盛满寂寞

雨深深地陷入

比夜更黑的孤独

今晚除了梦

我将一无所有

老 钟

只要拧紧发条
就不慌不急地走动
不变的速度
来自内心的指令
而我
更多的时候
快或者慢
得看别人的脸色

夜色已晚

这么晚了，是谁在喊我的名字
不急不慢
一声接着一声
于是
一个跟着一个的人
从脑海里走出
颤动的手
打不开一扇紧闭的门
透过阳台的窗户
黑色隐去夜的身影
那声音越来越大
好像有人躲在房间的某个角落
或身体的某个部位
不停地喊
不停地敲打灵魂的肋骨
让走远的记忆
打坐佛前
不厌其烦地说出
一段往事

梦非梦

也许只需几分钟
眼看就要牵住你的手
一声凌晨两点的狗叫
将我吵醒
甚至打开衣柜
满屋子寻找
却不见丁香树下
等待的身影
推开房门
溜进一缕月光
半侧身子坐在床头
擦不净一脸忧伤

春色诱人

推开窗户
春天就坐在对面的山头
这时需要拉开帘布
把每一个细节上下打量
风吹着绿色
躲的躲、藏的藏
那些跑累的
索性躺在山坡
云是一群走散的兔子
经不住远方的诱惑
一场雨淋湿
杨树下守株待兔的人
夕阳吆喝着一群牛羊
走进黄昏
梦里的草原
一片空寂

流淌的绿意

也许并没有留意
就一转眼工夫
绿色像暴涨的洪水
席卷而来
填满草原的沟沟壑壑
淹没了
一座又一座大山
绝望的挣扎
昨天的记忆
早已面目全非
沿着一条熟悉的小路
找不到曾经的忧伤
远处的村庄
像拥挤在渡口的船只
白色的帐篷被风摇晃着
望不到靠近的岸
一群牦牛
把嘴伸进嫩绿的草丛
我看了近一个时辰
却不肯抬头

致一位拉黑我的朋友

只是随便地溜达

无意地经过

一堵无聊堆砌的墙壁

挡住了靠近的道

阳光瞬间倒塌了

扶不起的身影

衰败的春色

凋落了一阵花香

也许只是担心半夜越墙的风

偷走一片荒芜

独抱半截冰冷的梦

孤芳自赏

其实一扇虚拟的门

关住别人

也关住自己

月光圈养着越来越小的天空

洗不掉的味道

眼前这个头发凌乱的男人
说一口地道的藏话
我只能琢磨着手势和表情
跟着走进小屋
看上去并不大的空间
一个原木打制的柜子
搁满喝茶、饮酒、祭拜的器皿
几张沙发大小的床
绕着墙壁摆放着
女主人挪动着发胖的身体
显得有些慌张
把酸奶、干果、酥油茶摆满茶几
男人用一把小刀
麻利地割下几块风干的牛肉
听不懂的话语推让着
用微笑抵达彼此的内心
抹不去的热情在黄昏流动
染红一片云彩的不舍
一件衣服洗了又洗
酥油的味道
还在

虫草节，偶遇藏家女孩

揣着大山深藏的神秘
站成六月最迷人的风景
就像从未谋面的虫草
一次次梦过的雪莲
用毫不雕琢的纯净与磁性
吸引靠近的脚步
让我想起草原上的格桑花
抓紧易失的时光
尽情绽放

牧羊人家

看不到一件像样的家具

也就几个丢不开的坛坛罐罐

在生活里磕磕碰碰

牧羊人家

驮在牛背上

被来来回回的季节牵着

沿着弯弯曲曲的山路

颠簸

一顶帐篷

遮住人生的风风雨雨

糌粑填饱的日子

躲在酥油灯的阴影里

狠毒的阳光

把体内积蓄的水分

奶一样地挤出

祖祖辈辈吮喝着

一群牦牛

只有几条狗跟着

或绿或红或蓝或白的色彩

而我只是远道而来的蝶

一点点误入
深深浅浅的酒窝
沾一身酥油
点亮夜晚

没必要将一张纸捅破

很多时候没必要

将纸捅破

生活里发生的那点事

玩过的手腕

耍过的小聪明

得靠一层纸

薄薄地

遮着

遮着就相安无事

一旦挑明

结果就难以预料

有时的我

有时的我

就像撂在院子里的缸

空盛一段时光

没有一滴水

映出走过的身影

看上去多像一只瓷瓶

供人欣赏

却无人一顾

而更多的时候

我只是一只蚂蚁

衔着一片叶子

玩命地奔走

失去的乡村

祖祖辈辈想都没想过
眼前这成捆成捆的钞票
就像后院刨出白花花的银子
让身价一夜间成倍地增长
先人们用汗水喂肥的土地
被城市磨亮的刀一点点剜割
就连南塬上埋过祖先的荒坡
也不曾放过
真的习惯了跟着日头在田间转悠
真的舍不得几只产蛋的老母鸡
总不忍心放倒门前的梧桐
撵走待在屋檐下刚出生的燕子
城市的诱惑动摇了坚守的村庄
丢就丢掉吧
这些用旧的农具
还有骨子里深刻的日子
再也不用起早贪黑
被季节没完没了地纠缠
从春到秋
一摞纸币越数越薄

倾听麦子生长的声音

树林隐去鸟叫
道路收起行人的脚步
麦子像一群乡下的女人
相互拥挤着　说笑着
从三月走向四月
一行浅浅的脚印
从乡下人的睡梦中经过
匆忙的脚步
恨不得一下跨到六月
风从远处吹来
把成熟的气息
从木门的缝隙塞入
叠在乡下宽大的炕头
此时村庄停住了呼噜
月亮屏住了呼吸
倾听麦子生长的声音
好像母亲站在麦地的那头
轻唤我回家

散 画

——观程默先生散画

一支笔与一张纸

有时毫无牵扯

几滴墨

补住想象的空白

手只需轻易地舞动

一座山就顺着构思

站立起来

窑洞沉重的眼神

眺望过往历史的久远

一只鸟

远远地飞来

扑腾着

找不到落脚的枝

北方旱柳

——题程默先生散画《不高贵但名贵》

只是擦肩而过

你如一根捡起的木桩

插入我的记忆

像走惯天涯海角的男人

远离江南的雨季

远离一条河的缠绕

把生生世世交给

东南或西北风

不停地吹打

日渐稀疏的枝叶

留不住正午走过的阴凉

骨子里不断增生野性的基因

独占黄昏一片洼地

还有远处整座的大山

寂寞坚守的日子

将一点春色

抱紧

远 山
——题程默先生散画

一座座山

挤进八尺宣纸

或蹲或坐

走累的溪水

绕过几户人家

歇在门前的池塘

找不见鸟的踪迹

却有一阵阵杂乱的啼叫

吵醒了黎明沉睡

一头老牛

沿着弯弯的山沟

拉着太阳从东头走到西头

把山里人解冻的梦想

种进开春的土地

黄昏哈出的雾气

朦胧了炊烟的身影

一条强悍的猎狗

卧在山风里

独自嚼着一缕月光

浴

把龙头拧到最大

水就会洗掉

涂抹在脸上伪装的脂粉

和泪水留着的痕迹

只需一点洗发膏

就会带走混在头发里的尘土

温度升高一些

全身的毛孔就会打开

摺在体内的疲惫

会趁机溜出

那位四十出头的扬州师傅

如果再用些力

粘在皮肤上的脏

就会搓成一截一截绳

用再多的盐和沐浴露

都洗不掉藏在内心世俗的名利

它长在肉里

跟一根骨头连着

与祖国共庆

把生日往后推上几天

与祖国同庆

可以背上简单的行囊

沿着地图标定的国界线

一直往下走

捡拾起一路风光

也可以躲过节日的拥挤

打开一本厚重的历史

一页一页慢慢地翻

如果时间充足

那就回一趟老家

这个季节玉米正好成熟

幸福挂满屋檐

不必要山珍海味

一碗面条

打二两散酒

许下今生来世的愿

轻意别丢下这个世界
——悼打工诗人许立志

写下这个题目时
正好有一片叶子，从窗外
缓缓地滑落
就像昨夜撕碎的诗稿
隔着厚厚的玻璃
能闻到没干的墨香
我在想，一片拽紧春天的叶子
怎样松开枝头的牵挂
丢下一个与己无关的世界
深藏解不开的心思
让失重的生命，像一粒浮尘
奔向一条绝望的路
把世俗强加给生命的
包括依附在身体里的苦痛、伤悲
统统原封不变地掏出
像一枚坠落在夜色的炸弹
那些正做的梦，转眼间
炸得土崩瓦解

说说"剜苹果"

谁也不肯
拿自己开刀
一些披着文艺官衣的当权者
身体里的毒瘤还在
就像附在苹果表皮的斑点
一天天地滋生
朝内心侵蚀
眼睛却习惯盯着别人脸上
一颗痣
狠狠地下手
一把刀还没剜到痛处
就开始叫喊
听起来就像隔着墙壁
一个妓女的呻吟

不想再写了

本来就不想写了
比如一朵花的凋零
一片草的枯萎
或者一颗没有熟透的苹果
从枝头掉落
不想追究一阵风
过问一个诗人的死因
但还是情不自禁地写了
因为我是一个爱凑热闹的人
写这首诗时
侧身对着镜子看了看
麻木的表情

转 经

天还没亮
他绕着石城已转了几圈
村子里的人都说
前几年他得过一场病
去过西宁、拉萨、上海
看过中医、西医、藏医
试过一些偏方、土方
儿女为他准备了后事
现在都一大把年纪了
看上去还很硬朗

一块石头

一块石头

可以凿成门墩

没事时坐着

抽烟或者放几个响屁

可以立成一座碑

它站着

你得跪着

如果雕成一尊佛

你就得供着

刻经人

刻经的人
一个人坐在黄昏
不停地抡起冻僵的手
一锤一凿，叮叮当当
砸碎一些罪孽
把一生刻进石头
刻进从没见过的来世
路过的风，都会停下来
大声地念着唵嘛呢叭咪吽

青藏高原

太阳像孵出的小鸡

一出壳便开始奔跑

天与地这对冤家

走着走着却抱在了一起

一条比蛇更长的路

头一抬就伸进了云朵里

踮起脚尖

远远地望过去

珠穆朗玛峰比我高不了多少

围困在深处的山

像深宫紧锁的一群女人

一个哭，另一个跟着哭

哭出一条河

在玉树

一整天
风都在草原上折腾着
就像小时候，为了一块糖
一遍一遍地翻破衣袋
最美的往事，跟着一朵花凋零
记忆像草，一直枯到根部
深深浅浅的脚印
都被寂寞填满

二 胎

那时，吃糠咽菜

饥一顿饱一顿

甚至兄弟姐妹穿一条裤子

她母亲却生下一大堆孩子

就像散放的一群羊

个个都很瓷实

年轻时，她也想生

却交不起几千元的罚款

如今放开了

她与男人商量来商量去

还是掏不出生产费、择校费、补课费

她掰着手指简单算了算

竟吓出一身冷汗

下雪了

下雪了

一些衰败的情绪

统统被葬埋

草原只剩下白茫茫的一大片阳光

就像我的思念

一直铺向看不到的远方

羊群驮着黄昏

越走越近

炊烟从山的背后升起

落下的太阳

重重地砸到我的心口

过 去

说起过去

一些话好像就放在嘴边

好像有很多车从远处搬运着

卸了一车

又来了一车

我越来越兴奋

越来越情不自禁

当然会提起一些人或事

想起一些细节

就像一团毛线里扯出一头

却看不到另一头

搁在心里的痛

我从不向人倒出

清 早

醒来

已过了十点

摸出一根烟

使劲地抽了几口

打开微信

大大小小的事

都与我无关

我对这个世界已无所企求

暖暖的阳光透过窗帘

惊起了一些灰尘

我把头缩进被窝

闭着眼

总想把昨夜的梦重做一遍

午 睡

本来还有点睡意

斜靠床头

暖暖的阳光正好照过来

越急却越清醒

随手翻开一本诗集

没看几行，就开始犯困

此刻，一个字就是一片药

嚼不烂便大口咽下去

这是催眠的秘方

平安夜

他蹲在路边
寒风像针扎向苍老的面部
扎向僵硬的手背
他用旧大衣把身子裹了又裹
远处的热闹与他无关
他只关心挤在筐里苹果的价钱
关心走过的人
能回过头来
我突然想起那个卖火柴的小女孩
想起圣诞老人

阴 影

不动一枪一炮

一座城池瞬间沦陷

雾霾如妖兵魔将

占领了每一条突围的路口

窗户紧闭

一片玻璃割断眺望的目光

习惯了低头走路的人

也开始适应把嘴巴藏在口罩背后

沉默不语

而我最担心的还是

留在人们心里挪不出的阴影

冬 至

一刀一刀地
剁碎相思
一根擀面杖
擀薄一天的日子
轻轻一捏
包住嘴角露出的一丝笑
一口咬下去
幸福烫伤了黄昏

雪落黄昏

一场雪
补住冬天裸露的隐私
伸向远方的路
深陷黄昏
风喊了一夜
梦比窗外一层霜更薄
一只狗站在黎明
无家可归

阴魂不散

一定还在梦中
看不见天，也看不见地
雾霾像一个人不散的冤魂
笼罩着角角落落
街头零零星星的行人
不知是哪路神仙
车辆像一群被毒气追赶的蚂蚁
仓惶出逃
失重的城市在黄昏急速下沉
又被黎明浮起
这不是天堂
就是地狱

烟 囱

故乡的烟囱
总是孤独地站在屋顶
偶尔冒出的炊烟
像母亲不停挥动的手
城市的烟囱像一片密密麻麻的森林
像父亲细长的烟杆
一袋接着一袋抽着
大口大口地吐出
一缕挨着一缕的青烟
伸向天空
然后向远方弥漫
最高的那一个
打着火葬场的招牌

冬 日

羊群撺着一片云朵

爬上山坡

吹累的风就坐在墙角

唉声叹气

孤独拧成的绳索

紧拴着一条狗

稀疏的枝头

暴露了几只麻雀的行踪

越来越重的黄昏

把炊烟弯成一把弓

西安的天

像害羞的小女人
被一块加厚的头巾紧裹着
擦肩而过
或者就坐在对面
从来都没看清真实的模样
美丽只是一种猜测
铁锈锁紧的窗户
割断一缕风的企图
灰尘像一张发黄的纸条
密封了呼吸的缝隙
一片灰色的帘布
从早到晚紧拉着
阴或着晴
你都猜不透难看的脸色
绷紧的肌肉
像一张发黄的旧报纸
几声咳嗽掉在水泥路面上
砸出一个坑

结古寺

一座寺院，像一只鹰
蹲在突起的山头
目光拧紧的绳子
紧拴着一座城市
白云蓝天是擦不去的背景
剪不断的香火
熏烤着所有的日子
黑色的牦牛驮着沉重钟声
闯入越来越近的暮色
睡不着的夜晚
玉树的天空总有一只鹰
盘旋着

雾 霾

仿佛喘着粗气
母亲把潮湿的玉米秆
大把大把地
塞进灶台
仿佛有一千只手
不停地
拉动着风箱
大半辈子我都努力着
把身体往城里搬运
转过身
却站在那间低矮、冰冷的厨房
原地没动

年 味

是裁缝铺赶制的一件新衣
是村口传来杀猪的声音
是绕着灶台吹不散的炊烟
是藏在粮仓里一坛臊子
是贴在玻璃上的几张窗花
是门框搀扶起的一副对联
是攥在手里的一张车票
是一夜做不完的梦
年关越来越近
故乡越来越远

声 音

总有声音从门缝挤入
像集市上的叫卖
一下比一下高
像一把杀猪宰羊的刀
狠狠地刺进思念的喉咙
像一趟晚点的列车
碾碎小路上走动的脚步
像铁锅里越蒸越浓的年味
被风箱来回地扯
像落在槐树下的一片叶子
被一阵风轻轻捡起
重重地摔向床头

元 旦

一折戏草草收场
另一折子便迫不及待地上演
一套旧戏装，几句老台词
营造着过节的氛围
我坐在暗处，摸出一根烟点着
试图从手机里翻出一点往事
把一年到头再想一遍
卸去满脸脂粉
有数不清的白发
从镜子的背后长出

守 夜

一些枯燥的数字
在电子表上跳动着
我的心脏也跟着跳动
点在佛前的一炷香
越烧越短
时光像一只燕子
从窗外飞过
留下满地零乱的羽毛
梦站在雪地上
一只脚深陷往事的泥潭
另一只脚抬起
却不敢轻意落下

祈 祷

摆上橘子、苹果、麻花
点燃几根香
再给灯里添了一些油
他跪了很久
他不知从何说起
他许下一个愿
他祈求菩萨的保佑

总 结

总会蹦出几个老套的词语
冒出一些虚假的数字
还有些经验值得深挖和推广
至于犯下的错
统统可以一笔带过
这与几年前一模一样
总有一个接着一个的会议
在一阵掌声过后
一年时光便悄悄溜走

打　算

铺开一张纸

从衣袋里掏出一根烟点燃

他紧皱着眉毛，一口接一口抽着

像将军谋划着一场战斗

他把镜头由近推远

又由远拉近，寻找一个合适的焦点

一分钟过去了，几个小时过去了

还没有理出一点头绪

他不得不放弃一些追求

很多想法也被新年的钟声击碎

他确实累了，倒头就睡

一会儿便进入梦中

岁末书

我蹲在墙角，撩起衣巾
一根火柴划了几下
点燃一根烟，只吸了一口
门前的花便开了
刚吸到半截，塬上的草就枯了
一年到头，也就一根烟工夫
想不起更多的往事
做过的梦像落在地上的雪
风一吹
便一无所有

祝 福

大事小事都得靠边
祝福雪花一样落满所有的街巷
还是几句老话
跟着微信、彩信、短信奔走相告
擦肩而过的人，都会转过身来
重逢曾经发生的事
祝福被钟声撞响，像烟花开满天空
像一坛老酒，大碗大碗地喝下
似醉非醉的梦，推开黎明虚掩的门扉
祝福像吹了一夜的风
便溜了进来

雾霾散尽

推开紧闭的窗户

一缕风便侧身溜了进来

像久别归来的小女人

搂住我的脖子撒娇

枝头几只麻雀

练习着一段走调的情歌

这个冬日的上午

我懒散地躺在沙发上

就像睡在软软的沙滩

阳光如涨潮的海水

从脚跟漫过头顶

打开微信

青海下着大雪

南京还被雾霾围困

离 别

推开老屋的门

整条街还在梦中沉睡

像一头叫不醒的猪

往事在雪的背后探出头来

眼里深藏着一滴泪

那只小黄狗，摇摆着尾巴

跟了几里地

我不停地回头

身后都是回不去的时光

黄　昏

黄昏来时
山还在原地站着
一场雪封堵了思念的路口
饥饿的风
疯狂地撕咬着狼的后背
孤独如鹰
在天空盘旋着
找不到落脚之处

相 思

相思是一条鱼
在我身体里养着
顺着血管
从脚底游到头顶
吃掉心、吃掉肺、吃掉肝
撕碎皮肤裹紧的每一块肉
剩下一把骨头
站在黄昏

思 念

像一枚图钉

被风死死地摁进夜晚

灯光如针

在额头、后背、胸膛深深地

刺下孤独

记不清用泪洗了几遍

我的眼就像老家村口废弃的井

早被思念填满

叹　息

树上的叶子都掉光了
枣堆满了院子，剩下的挂在枝头
像一群嫁不出去的姑娘
用泪洗着寒风
天没亮，大哥推着车子出门
沿街喊了一天，价钱一降再降
一筐还是没卖几斤
夜晚，一家人围坐一起
大哥一袋接着一袋抽着旱烟
媳妇一声接着一声叹息

候车室

因为天气，列车又要晚点
她坐在蛇皮袋上，撩开衣服
用奶头堵住孩子的哭声
阳光透过窗户，正好照在她的脸上
微笑像一朵花慢慢打开
环顾四周，等待挤瘦了等待
有人打着瞌睡，有人翻着微信
也有人抬头偷看了一下

女 人

女人搭着邻家的三摩
跑了几十里山路
买了些白菜、粉条、土豆
割几斤大肉
没忘了买几张红纸
一个人出出进进忙活了几天
她把屋里屋外扫了一遍
又擦了一遍
换上新洗的床单、被套
那个该死的男人却捎回话来
工钱没发，就不回了
春节越来越近
女人把自己关在家里
街道零零星星的爆竹声
压不住一阵哭泣

雪，折断了一条回家的路

临时搭建的工棚
有十五瓦的灯泡照着
他裹紧棉被
伸手从内裤里掏出一叠纸币
一下就数了几遍
好像数着工地上一堆零乱的砖块
一袋一袋新收的庄稼
数着沿途一个又一个小站
驶向新春的列车
一趟一趟地碾过夜晚
故乡的那点事
被梦一遍一遍地复制着
一场讨厌的雪
折断了一条回家的路

回 家

一泡尿，憋了一夜
火车刚刚停稳
那个背着蛇皮袋的老男人
便被打开的车门吐出
钱越来越难挣
乡下人有再大的力气
腰包里揣回的也只是一张车票
人倒是瘦了几圈
这年，还得过

过 年

村口，隔三差五
便传来杀猪的声音
外出打工的人
一个跟着一个往回赶
风吹了一夜
割不断一缕炊烟
流浪了一个冬天的那条狗
叼着半根骨头
从东家窜到西家
枝头的麻雀比往日多了几只
南塬上迎春花也有了开放的意思
老人照样蹲在墙角
好像这个年与他无关

村 庄

村庄，只有几间房子
卧在山坳，像一头老牛
咀嚼着一片残阳
低矮的院墙
圈养着数不清的荒凉
越吹越大的风
掏空了黄昏掖藏的心事
炊烟骨瘦如柴
门缝里窜出的小黑狗
对着我的背影
汪汪地叫着

声 音

好像就贴在耳边
一字一句都那么清晰
更清晰的是一串止不住的笑
一声咳嗽
我甚至听到风从窗外走动的脚步
以及月光掉在地板上的声音
昏暗的灯光
遥远了一段靠不近的距离
相逢
只在梦里昙花一现

雪 花

凛冽的寒风，刮了一个冬天
大地裸露出一道道干裂的伤口
痛到深处，已无处诉说
雪如一片膏药
贴在脸上，羊群驮着记忆
陷入黄昏，月光拨断思念的琴弦
大把大把的牛粪塞进火炉
一壶烧酒，半斤羊肉
喂不饱一个面黄肌瘦的梦
拽不住故乡走远的身影

告 别

告别地图划定的地域
告别一个用旧的称呼
以及一串数字标注的代号
多少往事都成为擦不去的记忆
战马在嘶鸣，一件破旧的迷彩服
裹不住满身鼓起的肌肉
卸不下的责任
得听从喇叭播放的指令
只是一个体制转换成另一个体制
一个身份换成另一个身份
新搭的舞台上
我将扮演一个新的角色

竹 林

你说，你喜欢沿着这条小径
一直走下去，筛过的阳光
像饱满的米粒，撒满高高低低的碎石
林子里有山鸡、老鼠、兔子
也有成群的蚂蚁，偶尔会窜出一些往事
三月的风轻轻拂过，有数不清的鸟鸣
从枝头掉落，如果有雨
一把油纸伞撑起下午的时光
斜靠着黄昏，随便站成一个姿势
都是看不够的景

为乌鸦正名

有着一张乌鸦嘴

有着一身脱不下的名分

走到哪里

都会抹下擦不去的污迹

失宠的命运

注定被生活驱赶

逐放到五千米的海拔

扮演起拾荒的角色

不停地啼叫着

盘旋着，坚硬的翅膀

划过昆仑山最高的雪峰

与一片云擦肩而过

整个巴塘草原都是它的

整个玉树都是它的

天空除了它

就只剩下几片云朵了

梅与雪

梅花开时
一棵树从里到外都是白的
雪花飘时
一片大地从头到脚都是白的
一朵梅
死守着枝头
一场雪
染白了整个天下

车 站

乡情

卸下一些

又装上一些

家

有时在抬头看不见的远方

有时就丢在身后

悲与喜

装满沉重的行囊

一个人的命运

得自己扛着

秃 鹫

不曾遇见过一朵雪莲
出门却时常与一只秃鹫相逢
没有一件华丽的外衣
矫健的脚步拖着笨重的身体
只为生活整日奔波
把寂寞铺向更加寂寞的远方
一任情感在天葬台肆意放纵
或徘徊在寒风吹瘦的路口
或抬头站在大雪拔高的山顶
一辈子都丢不开的命
像无名无姓的草
青了又黄

股 票

股票跌了
一大片人都在哭
一个人从十楼跳下
嘡的一声
这与一片叶子的凋落多少有些区别
午后来了几个公安
一堆肉里翻不出一个人的身份
天上掉馅饼的事
我也不止一次地想过
而伸出的手
抓住的只是一片雪花

发 现

佛抬头坐在莲花上
稀稀拉拉的人，来了又走
一个和尚没精打采地站在原地
几盏油灯一直亮着
当一个人从怀里掏出一摞钱
供上去的时候，我发现
木槌敲打鼓面的声音
好像大了一些

距 离

一条路像一条绳
总有一些丢不开的往事
踮着脚尖在梦里跳动
一条路像一根皮筋
思念使出全身的力气
却越拽越远
时光的刀片来回地割
再硬的命都躲不过注定的结局
扶不起的身子
稳坐在各自位置

晌 午

阳光透过玻璃

像一枚用旧的书签

夹在一本诗集的某页

一只麻雀蹲在窗台

梳理着羽毛

小花猫懒散地睡在沙发上

风从阳台晾晒的衣袋里

翻出一些往事

一个人便从记忆里走出

光着脚来回走动

初　雪

雪如一群蚂蚁

爬满枝头，爬满老屋的瓦片

爬满一条通向远方的路

一枝梅站在悬崖上

像一点红抹在记忆的额头

被黎明划着的火柴点燃

没有一丝云，蓝渗透的天空

飞过一只鹰，挂在墙上的镜

一夜间，相思染白了

一把胡子

思 念

一双鞋，东一只

西一只，烟缸里堆满

掐灭的烟蒂，日子一片零乱

越吹越大的风，敲不开

一把生锈的锁，大把大把的思念

放在药锅里，这个冬天

饥一顿饱一顿，养活我的

只有梦

冬 天

一切与春天有关的事
都被时光带走
比如一只蝴蝶，一朵花
相思的刀口，朝向每个黄昏
雪像一把盐，撒向梦的伤疤
风搔了几下
我的全身都发痒

捡拾牛粪的女人

一坨一坨牛粪
像一粒一粒珍珠
被黎明的阳光镀上一层水墨
女人的腰弯得很低
像一只啄食的老母鸡
背在肩上的竹筐越来越重
女人把牛粪晾在门前的草地上
粘在低矮的院墙上
她抬起头
双手叉在发酸的腰部
像一名凯旋的将军

苍 茫

雪盖过远处的山头
羊群提前归圈
鹰驮着一片云朵
坠入黄昏
风的手指轻弹着
几根电线绷紧的琴弦
狼的嚎叫
摇晃着一缕炊烟

可 以

我可以三天打鱼

两天晒网，阳光很好

就一直躺在沙滩上

看潮起潮落，海风吹来

便躲在一朵浪花里

可以两天打鱼

三天晒网，让闲下来的时光

坐在一本书里

守株待兔

相 思

去年的雪还堆在山头
今冬接着下了几场
刺骨的寒风不停地吹
孤独像一把刀
戳向黄昏，相思被
越来越重的感冒缠身
咳出几滴血，几把牛粪
烧不热夜晚的冰冷
打开电视，一朵花
开在故乡的枝头

年 关

有很厚的城墙
几座楼站在高处
我躲在灯光照不到的角落
加工机器，制造子弹
一阵枪声响过，我被自己击倒
又被一阵钟声
敲醒

戏　台

戏台空着

锣鼓声一直响着

那个穿着一身戏装的人

扮演着不同的角色

端坐在主席台上

一字一句地说出唱词

掌声

一阵比一阵高

活 着

很多事根本就说不清
甚至越活越糊涂
得止住一把泪
学会低头、弯腰、妥协
顺从命运的安排
不反抗、不逃避、不埋怨
一辈子都忍着
有一间房、一张床就够了
冻着、饿着
但活着

孤 独

店门紧锁
几幅新贴的对联、窗花
传递着过年的信息
一头牛沿着走空街道
追赶着几片落叶
思念被抡起的大锤
一下一下地
砸进夜晚的深处
孤独像一棵螺钉
越拧越紧

网

雪堆满黄昏
屋子里灯光很暗
我躲在事先选好的角落
像一只苦命的蚕
吐出相思的丝线
织成网，牢牢地缠住
梦里，你走来的身影

演 戏

一座旧戏台

站在村口

风不停地敲打着鼓面

锣声已经生锈

换上新做的戏装

我一个人演

一个人看

幕布、灯光、道具都是假的

眼里的一滴泪

是真的

寒 冷

一场雪把气温摁在零下

冰像一绺盖满印章的纸条

密封了一条河的絮叨

几棵树光着身子挤在一起

不停地哆嗦着

风摸着黑插进锁孔

咣咣当当拧了一夜

阳光撬不开一只麻雀紧闭的嘴

一枝梅从窗外

伸出冻红的小手

黎 明

女人跪在地上
伸出的手
抓住母牛的奶头
一下一下地挤
黎明的阳光掉进木桶
像一大把硬币
发出哗哗的声响
几头牛犊站在不远处
直直地瞅着
我大声喊了一下
什么也没说

乡 情

下了一夜的雪
一直铺向远方
寒风舔过
我的孤独挂在树梢
一只麻雀
翻遍草原的角角落落
找不到昨夜的梦
抬起的目光
被阳光点燃的乡情烫伤

爱 恨

爱一个人
与恨一个人
有时会越弄越糟
像一根绳子打成的结
越拉越紧
成为谁也解不开的
死结，得忍着痛
借助一把刀

村　庄

像随便丢掉的石头
八百里草场，东一户
西一户，几间房子
一条狗，一辈子都被山拴着
男人放牛，女人挤奶
比刀子还狠的风
从骨缝里剜出一点肉
养活着日子，痛到深处
无一滴泪

嘛呢石

他有他的名字
你喊一下，他就会应一下
绕着石堆转经的人
被一种声音越掏越空
一块石头会长成一座山
压住顿生的邪念
保佑一生一世
不远处，水草肥美
牛羊成群

黄 昏

雪刷过的巴塘草原
昆仑山像一堵厚厚的墙壁
蹲在枝头的鸟，又一次
被寂寞射伤，载满思念的列车
一脚踩死了油门，风紧攥着
一封比树叶还旧的信件
走过茶马古道
梦醒时抵达

相古寺

离城市百八十里
村庄像一堆破损的陶器
暴露在冬天的阳光下
与草原、远山有着一样的颜色
一尊佛盘腿坐在殿堂
数着一堆零钱
和尚一头扎进经书里
五米长的唢呐偶尔响一下
灶房里做饭的老伙计
不停地让座、续茶

乡 音

是后院公鸡的打鸣
是挂在羊脖子上的铃铛
是绕着圈墙猪不停的哼哼
是深藏在花间的鸟语
是玉米地里窜出的几声蛐音
是光着身子趴在河岸的蛙鸣
是一个男人站在田埂
放开嗓子吼出的老调
乡音被屋檐下飞出的燕子衔着
被黄昏的风箱来来回回地扯
被一把镰刀割了一茬
又长出一茬

守 候

村长解释了半天
我才理出一点头绪
公公在城里住院
男人陪着
女人带着五岁的女儿
守着几间破旧的房子
屋子里很乱
没有几件像样的家具
牛粪堆满了墙角
火炉烧不热黄昏的冰冷
我的心快要结冰
这是村子最穷的人家吗
书记摇了摇头

牧牛人家

屋子像一台冰箱

老人坐在床头

像一尊黄土捏成的泥人

她早年守寡

女人四十岁出头

前些年，也被男人抛弃

女儿已经出嫁

屋子只剩下两个女人

靠一年几千元的救济款

和七八头牛紧紧巴巴地度日

眼看就要过年了

没有红灯笼、红窗花

脸上写满

一肚子倒不出的苦水

寒 冬

暮色沉重地压向屋顶

拴在门前的狗，扑了几下

挣不断寂寞拧紧的缰绳

寒冷像乱七八糟的杂物

塞满屋子每一个角落

米粒大的光亮

在灯芯忽闪忽闪地跳动着

老人蜷缩在床头，像一只刺猬

一声比一声更大的咳嗽

吐出带血的太阳

牛 头

也许曾经很牛
拥有过这一大片草原
霸占着成群的妻妾
现在就剩下一把骨头
就像一堆废铜烂铁
小小的蚂蚁也敢爬上角尖
风一点点剔尽残留的记忆
甚至从那双深陷的眼里
能看到一滴泪
其实，再牛的脾气
也逃不过一劫

在寺院

一尊佛眼里

来了又走的人都是信徒

他们或穷或富，都勒紧裤带

习惯从牙缝里挤，却心甘情愿

把成捆的茶叶、酥油、香火作为供品

那天在城市闲转，我发现

寺院也开着店铺，几个和尚打理

经营着茶叶、酥油、香火

出出进进的人，比经堂

少不了多少，生活里看似简单的事

细想就得拐几个弯

失 眠

一盏灯，一会儿开
一会儿关，表针走乱了时辰
一根烟越燃越短
身体就像插在竹签上的一块肉
被寂寞翻来倒去地烤
夜比一口棺材还重
一张伸手摸不到边的床上
我被相思咬得
遍体鳞伤

女 人

像搁在床头柜上的钟
被生活的发条越拧越紧
清圈、挤奶、背水、做饭
密密麻麻挤满一天的日子
寂寞像一条撵不走的狗
没黑没白地跟着
一辈子走不出
命运的注定

倒淌河

此时，只想跟着这条河
回到从前，采一朵浪花
插在你的发间，返潮的往事
会从贝壳里伸出头来
撕一片阳光坐在黄昏的沙滩
歇下来的时光就在漩涡里打转
梦一个接着一个浮出水面
晚风一阵高过一阵地喊
随手捡起几声笑带回

立 春

黄昏猫着腰，站在山顶
喊不来一丝风
乌云像我搁不下的心事
越聚越重，寂寞折断了
相思的翅膀，一滴泪
在眼里转了几圈
差点就掉下来

故 乡

梦又一次踏上故乡的小路
捡起一些柴火，往事开始发芽
父亲压弯的身影，一步一步地
挪进黄昏，几声咳嗽
撞开老屋的木门，母亲拄着一把年纪
从炊烟里走出，一声接一声地喊着
那声音好像从玉米地里冒出
好像熟透的苹果，挂满记忆的枝头
像一滴泪掉进井里，一把辘轳
绞断一辈子的牵挂

除 夕

一片晚霞落在村庄的脸上

几口人围坐在炕头

嗑瓜子、扯着闲话、偶尔抿上几口

筷子捞起

铁锅里煮熟的一枚硬币

一年的运气便在舌尖上打转

鸟落在窗户上

一副对联表情严肃地

把守着老屋的门

鞭炮准点发起的进攻

赶走了角角落落潜伏的晦气

一年到头

灯笼重新爬上门楣
窗花、对联染红半个村子
一串鞭炮，踩着坑坑洼洼的街道
噼里啪啦从东走到西
挤着最后一趟车赶回的人
抖不净满身的疲惫
那些永远回不来的人
与短暂的相聚已没有一点关系
一年到头，掰着手指细数
也就是驴拉着磨子转了一圈
把背走的行囊又背了回来
也就是一阵风
一吹而过

宰 羊

羊是温顺的
披着羊皮，哪怕是狼
注定成为一堆肉
炖、煮、炒、烤
羊不会杀羊
人杀羊
一把刀沾上血
也会杀人

祝你快乐

一个人说，另一个人也说
一群人跟着说
短信说，微信说
一见面都在说
好像就挂在嘴边
好像从牙缝里挤出
想了半天，没想出一个更好的词
说了一辈子，还没弄懂
快乐是个什么东西

杀　牛

牛被勒住时
一群牛远远地看着
牛群里有它的子孙、远亲近邻
也有从小一起玩大的伙伴
它们只是远远地看着
直至它咽气
牛是畜生，不会哭
人有时也一样

思 念

城市很大，我却像一粒米
死守着某个角落
放不下的记忆都在远方
南下的列车
载满沉重的往事
一趟趟碾过失眠的夜晚
掰一块梦
填不饱相思的胃口
忍不住的泪
滴成黎明一阵雨

等 待

风一个劲地吹
几片叶子怀揣着放不下的心事
一闪而过，路的尽头
黑咕隆咚的，过了凌晨
气温像失重的物体
加速下降，所有的词都被冻死
只剩下孤独，像一盏灯
站在路口

藏在手机里的名字

像埋在土里的陶罐
或者铜器，说不上年代
跟着往事一起殉葬
有的已生锈，有的正在发霉
没事时，我便一个一个叫出
像拔萝卜一样，会带出一些记忆
我仔细地擦拭、辨认
他们像一把枪，随时可能走火
把我射倒

祝　福

好像统一了口径
好像只有这些话适合说出
好像飘在黎明的雪
城市、乡下都是它的
好像凋落在黄昏的叶子
被风满世界地吹
也就是一些随口说出的话
有几人能够拥有
佛前许下的愿
一直在远方

除 夕

一切都尘埃落定
卸下一副面具
换上另一个模样
顺便从牙缝里挤出一丝笑
灯笼挂在门楣
鞭炮、烟花制造着过节的繁华
烧在十字路口的纸
却无人认领

短 信

还是一些老话

一年一年说着，像一碗水饺

一口咬下去，故乡的味道

便穿肠而过，一句话

像一颗糖，揭开一层薄薄的纸

就甜甜地添上几下

一个下午，祝福挤占着手机空间

真想伸开双臂

把幸福紧紧地搂住

转 山

事先准备好经幡、隆达
煨桑的柏枝，为赶上第一炷香
摸着黑，找寻着一条捷径
把七十公斤的身体吃力地举起
到达山顶时，正好出来的阳光
暖暖地照在脸上，神并没谋面
一定坐在暗处，保佑着
撒开的风马，被风一直吹到远方
我看见幸福像雪花一样
填满整个山谷

过　年

繁琐的礼节
统统可以省略
故乡可以想，也可以不想
一个人做饭，一个人吃
一杯酒，自己劝，自己喝
困了便睡，睡够了才醒
人在异乡，没人拜年
也没人打搅，随手翻开的书
一口气可以读到结尾

春节过后

口袋一天天瘦下来
瓜子皮、烂菜叶、烟蒂
挤在一起
铁锅里只剩下几块骨头
喝空的酒瓶
东倒西歪地躺在墙角
话越来越少
那些急急忙忙赶回的人
不得不掰着手指细数
返程的日期
相聚只是夜晚盛开的烟花
一把扫帚扫不净
落在记忆里的碎纸屑

一个人过年

房门一直关着
黑白可以来回颠倒
啤酒、方便面，还有瓜子皮
堆放在茶几上
几根香蕉已经发黑
一个人过年
就像一根萝卜放在坛子里
用泪腌着

冰嘛呢

他们背来细沙
在通天河的冰面上
撒下经文
我一笔一画地
写着你的名字
春风吹过
一朵浪跟着一朵浪呼唤着
整个河都在呼唤
站在岸边的柳
也大声地喊

思 念

风翻过院墙

爬到树梢

春天刚想露出头来

便被一场雪死死地摁住

晒巴寺的香火

融化了夜晚冻结的梦

云朵是思念展开的翅膀

记忆退化成一只猴

八千里路

只一个跟头

猴年说猴

猴进化成人
却被人耍着
那个走街串巷
耍猴的人
也被猴耍着
到死
谁都没弄明白
一辈子
究竟谁耍谁

立 春

刚一立春

黄昏就长出一尺

梦拱破板结的夜晚

一条河慌慌张张地

从黎明走出

抬头望去

八百里草场

站满往事的影子

大年三十

一炷香打着瞌睡
钟声敲响门环
弯腰捡起一片糖纸
裹紧寂寞
几声笑躲在电视里
爆竹引燃相思的索线
风叼起一绺梦
丢在半路

破 五

一扇门天没亮便打开
从醉梦中爬起的人
都在等。那个从未谋面的神
扛着一把锄头
在撂荒的田间，一下一下地
刨。一匹吃夜草的马
养肥的膘，躲不过
一把刀子

在禅古寺

黎明赶来的雪
给寺院披上一件白色的外套
殿门敞开
佛稳坐伸手够不着的高处
一炷香接着一炷香
油灯溶化了内心的冷
小和尚从一本发黄的经书里
探出头来
我被一阵钟声抬起
又轻轻放下

开 春

一个不剩地
拔掉这块草，掐死这片花
宰了这群牛羊
一开春，我就一门心思地
只做这件事，吆一头老牛
挖地三尺，腾出一大片草原
种下你的身影
把整个天空都给你

在玉树过年

一副对联
把守着紧锁的店铺
腾空的街头
窜动着几头无家可归的牦牛
盼了一个冬天的雪
屁股还没有坐稳
扭身便走
一朵云无所事事地
占据着天空
从结古寺传出的钟声
紧紧地搂住黄昏

春 节

无非是车票吃紧

无非是贴一副对联，剪几片窗花

无非是看一场晚会，放一串鞭炮

无非是收一堆短信，走几家亲戚

无非是吃几桌饭，喝一肚子酒

无非是睡睡懒觉，逛逛街

还没缓过神时

一切便恢复了原样

等 待

寒风吹走
最后一个人影，在老地方
我还傻乎乎地等着
阳光撩起袖口，一遍一遍地
擦过木椅，往事在枝头开始发芽
蛐蛐的叫声来自草丛
成双成对的蜻蜓，在花丛间
追逐着、嬉戏着
一条石板路拐过几个弯
伸向黄昏，一个接着一个梦
被紫藤缠绕着

城里人

一辈子，为了争一口气
活得像一只蚂蚁
咬紧牙，把比身体还重的命
扛在肩上，一步一步地
朝城市挪，手握一把钥匙
却拧不开老屋的锁
一副表情冷漠的门牌号
隔断乡情

燃烧的玫瑰

一朵花像一把干柴
一点就燃，扑不灭的欲望
漫过一条街，漫过整座城市
一个词坐在焰心，开始扭曲、变形
像热锅上的蚂蚁，挣扎着
注定成为一堆灰
或一把骨头，裸露在街头巷尾
一阵风声过后
便无人过问

离 别

夜被几杯酒撂倒
亲情围着烧热的火炉
话刚说到兴头上
离别便悄无声息地逼近
打起几句叮咛
鞋跟沾满年的味道
不停地回头
泪水湿透故乡的小路

乡下人

像土里爬出的庄稼
跟萝卜、红薯、大葱搅混在一起
木墩一样蹲在嘈杂的早市
寒风疯狗似的，不停撕咬着
他像黎明孵出的一只小鸡
哆嗦着，从怀里掏出一块锅盔
随手拿起一根青椒，撩起衣襟擦了擦
大口大口啃着，太阳刚一露脸
就得收摊，蹬着破旧的三轮
拐进一条深深的街巷

一个人的情人节

雪像一片片纸条
塞进黎明的门缝
像赶一夜路的快递
送来的一束鲜花
像一滴泪
掉入零下的气温
像思念的骨头
堆满大大小小的山头
一个人的情人节
就像一只乌鸦
一件黑色的外衣
从早到晚穿着

一首诗

天一黑，我就开始构思
摆好道具，虚拟一些情节
从字典里挑出几个用旧的词
打磨、抛光、上色
加工成布满血丝的玛瑙
或者只是一串泪，挂在脖子上
孤芳自赏

失 眠

夜是黑的
长出的胡子也是黑的
黑灯瞎火时，想起一个人
凌晨发出的信息
两点还没回，过了五点
还没回。手机的电快没了
拉开窗帘，天已大亮

情人节

应该有什么事发生
一个电话，一条短信
一个红包，一个快递
或者一阵敲打门环的声音
我不停地翻看手机
不停地推开窗户
不停地百度、搜狐
一整天
一句问候都没有

又见情人节

想了半天

就送你一块临河的湿地

搭上半面山坡，一扇窗户

正对着黎明，竹竿扎成的篱笆

圈养着一片月光，杏花刚谢

桃花又开，梨花落时

槐花爬满枝头，一条小路

走过今生来世，坐在黄昏的紫藤架下

轻轻喊一声，就有数不清的蝴蝶

围过来

春　天

风挨家挨户地唤

隔着窗帘

草应了一声

一朵花从虚掩的门缝

伸出头来

叶子爬上枝头

几只鸟咬破蛋壳

窝里藏不住

晃晃叽叽喳喳的叫声

瀑 布

一滴水

站在悬崖上

许多事来不及想

反而变得简单

破罐子破摔，纵身一跳

重重地砸下去

失去一个炫耀的高度

却拥有了一个远方

寂 静

树身穿新做的朝服

依次站着，草低着头

怀里揣着一本写好的奏折

花苲拉着脑袋，欲言又止

一根头发掉在地上

黄昏喊了一声

无本退朝

转 经

经声从石缝里蹦出
风越吹越大，落日陷入黄昏
大山、牧羊沉默不语
枯萎的枝头抽出几片新叶
一条路深不见底
身披袈裟的老和尚
如一盏油灯
忽明忽暗

通天河

从云里雾里爬出来
绕过一座又一座山的拦阻
放弃一个又一个高度
专拣低处流，不断地修正
顺从命运的注定
从不走回头路，以为远方很远
低头就在脚步下

春 雪

一只落单的大雁

撕碎天空

黎明揉着猩红的眼

慌慌张张地走出帐篷

半拉的拉链

暴露出远山丰满的乳房

像一座座新坟

葬埋了昨夜的梦

阳光擦了擦

古代竖立起的墓碑上

一个字也没有

初 春

风已经很努力了
草原像邻家的小媳妇
一点动静都没有
雪还霸占着最高的山头
寒冷抵消了阳光的回暖
黄昏走出幕后
云朵扮演着天空的主角
出轨的河水
有了私奔的迹象

乡 路

提起故乡

最熟悉的就这条路了

脚印踩着脚印

碎石磨破拉厚的鞋底

每一棵树下

都坐着走累的童年

一片庄稼地

有时播着油菜

有时种着玉米

母亲的身影

一会儿在前

一会儿在后

桑 烟

桑烟是发出的请柬
起初只是二三只乌鸦
后来变成一群秃鹫
天葬台撑开一张餐桌
刀口分割了附在身体上的世俗
一辈子的悲与喜被瞬间哄抢
一根骨头都不剩
我知道，一个人走了
另一个人会来

习　惯

熄灯之前

我习惯翻箱倒柜

弄出一点记忆

缝缝补补

熨平一些折皱

叠直一些棱角

放回原处

一把锁

谁也别想打开

春 雷

不顺心的事
诸如痛苦、烦恼、忧伤
这些令人讨厌的词语
就在心里窝着，像一个屁
憋不住了，就无所顾忌
痛快地放出来，让一声雷
喊出内心的苦

闪 电

天刚黑

风就开始敲打

蓄谋着一场厮杀

一把剑划过天空

刺进夜的胸膛

梦惊慌失措坐在床头

摸出一根烟点着

黎明一场雨

洗刷了所有罪证

玫 瑰

风一阵比一阵急
夜暗下来
一朵花在偷渡来的节日里
卖弄出万种风情
脂粉抹平新添的皱纹
诱人的短裙下
裸露着肌肉扭动的屁股
像一团火焰
招揽着过路的目光
偶尔奶声奶气地喊一下
十元一枝

老 屋

一扇门倒了
另一扇勉强站着
风从东墙翻入
从西墙翻出
一棵老树折断了
对春天的向往
屋顶漏下的阳光
平铺在炕头
一点记忆
两只石狮守着

落 日

一大把年纪
最怕黄昏
联想会触景生情
一滴泪掉入
命运挖好的陷阱
我知道，太阳落了
还会升起
走过的时光，还有那人
不会再来

提灯的人

哭声越来越弱
风吹干了几滴泪
他从骨头里刮出一些磷
点着，把一根灯捻
挑了又挑，提灯的人
提着自己的身体
在一块石碑上找不到
回家的路

鬼

心里有鬼的人
被鬼盯着
低头或抬头
都会撞见
梦里常常会被叫醒
吓出一身冷汗
他最怕深更半夜
一阵敲门声

距 离

一把尺子
从生量到死
有的长，有的短
拐来拐去
宁愿多转几个弯
一条捷径
谁也不想走

旧晚报

公园的人都走空了
一张旧晚报还躺在树荫下
有坐过的痕迹，从一版翻到四版
翻到每一个夹缝，其实很多事才知道
比如哪个明星又移情别恋，谁一胎生了两个
谁谁谁移民海外，谁的儿子吸毒嫖娼
剩下饮料、卫生巾、面膜的广告
占去大半个页面，总有一股味道
肯定是刚走的人放过的屁

时 光

挂上倒挡
一脚踩死油门
回到从前
穿一身旧军装
胸前戴一枚毛主席像
黄挎包左肩右斜
揣一本诗集
站在黄昏拥挤的路口
只等你的出现

黄 昏

夕阳西下，晚霞像一条哈达
被一阵风吹着，越来越近的马蹄
踩乱几根琴弦，河水绕过村庄
从石头里抠出几句经文
炉膛上炖着半锅羊肉，女人用木桶
背回一轮圆月

故　意

风故意把声音抬高
拍一下窗户，踢几脚门
坚持了一整天
一些没有任何根据的猜测
像感冒一样无孔不入
有人说要下雨，有人说要下雪
太阳从黄昏爬了出来
一切照旧，世间很多事
只是虚张声势

正月十五

看完灯展，一滴泪
冲垮了一道坚固的堤坝
吃了这碗元宵，就得放下酒杯
把身体里积攒的油水与脂肪
发酵成玩命的力气，一些残羹剩饭
可以打包，饥饿的夜晚
用来喂养相思

雪

桃花深埋了一条小径
像一只蝶，你从树的背后飞来
注定的一切，来不及躲闪
扎人的目光如一颗子弹
多年过去了，身体里还残留着
剔不出的弹片，一阵痛叫醒夜晚的梦
推开窗户，雪一直铺向远方
我的头脑一片空白

在寺院

水泥浇灌的腰杆
也得弯下来，像油田忙碌的机器
把头不停地磕，搜肠刮肚
掏出身体里积攒的脂肪与欲望
点亮一盏灯，腾空的心里
只坐一尊菩萨

元宵节

寂寞还在酒杯里沉睡
月就圆了，一大碗汤圆
填不饱思念的胃口
一辈子踩着高跷小心行走
终究猜不透人生的谜底
舞狮的人，也被狮舞着
花灯点亮一座城市
我独坐照不到的死角

电 话

电话响时
我正坐在椅子上发呆
好像有人喊着
急促的声音从里屋传出
思念走不到的远方就在眼前
像坐在对面的茶楼或街头的地摊
抬头是看不够的景
大把大把的时光用来挥霍
可以颠三倒四，说一些废话
路过的风，几次回头窥看
凌晨已过，没一点睡意

二 月

天一直吊着脸
风无事生非，弄出一点动静
等不来一场雨，熄灭燃烧的情绪
除了夜晚拨响的电话
二月，没有一件事刺激兴奋
寂寞铺满枯萎的草原
把一首诗折弯，等路过的鱼上钩

流 浪

流浪的人，把家扛在肩上
走一路，搬一路
像一朵无人过问的蒲公英
天南海北地跑，丢不掉的记忆
像旧家具，缺胳膊少腿
忙碌了一辈子，还像一片叶子
挂在异乡的枝头，风吹一下
就哭几声

坏天气

心情糟糕透顶

一定是天气惹的祸

雨水比泪水还少

雾霾霸占着整个天空

风更差劲

吹一会儿歇一会儿

一口痰卡在喉头

吐了一夜

窝了一肚子火

不知骂谁

春 天

像出嫁的小姑娘
把一件婚纱试了又试
对着一面镜子
描了描眉，一脸的脂粉
涂了又擦，擦了又涂
忍不住的几声笑
藏在酒窝，只等调皮的风
撩起盖头的一角

黄　昏

炊烟是晚归的路

羊群踩乱铜铃

钟声沿着寺院的石阶

滚落

黄昏搂住村庄

溪水窃窃私语

月亮点着的灯盏

被一阵风吹灭

正 午

搬一把椅子
坐在阳台，一杯茶水
或浓或淡，拧开天空的龙头
不冷不热的阳光按摩着全身的穴位
从手机里翻出一些陈年旧事
反复揉搓，搭在衣架上
等风吹干

气 球

挤去水分
也就馒头大一点
你吹，他也吹
不停地变着花样
一群人争着吹
破了
都看笑话

早 春

风隔着窗户，把梦叫醒
雨水洗过的黎明，像出浴的少女
诱惑着阳光的轻抚，鸟的躁动
挂在树梢，大片大片的往事
拱破解冻的地皮，牛羊嚼上山坡
相思泛滥的河水，朝着故乡
一泻千里

春 风

左手提着裙边
右手拎着一双鞋
从黄昏跑过来
伸手搂紧我的脖子
轻吻我的唇，我的脸
吻得全身痒痒
涌来的海浪笑了几下
岸边的柳树就绿了

元 宵

一共有四个
一个包着相思
一个包着忧伤
一个包着忙碌
剩下一个包着一枚硬币
酸甜苦辣都有
我一个都不想吃

皮 囊

身体就是一具皮囊
就像背在老人肩上的蛇皮袋
一辈子什么都往里装
一件一件地掏出
摆放整齐
没有几个有用的

春 雨

也太吝啬了吧
像攥紧的一把硬币
风伸手喊了一夜
只下了几滴
便落下风声大雨点小的坏名声
经历过的人都清楚
也有只吹风不下雨的事

关 系

说到关系
问题就变得复杂
甚至无处下手
有拐弯抹角扯出的
也有费尽心思跑来的
他们站在明处
或藏在背地
织成一张割不断的网
我只是一条鱼

图书在版编目（CIP）数据

仰望昆仑 / 魏彦烈 著. -- 北京 ：作家出版社，2016.7
（康巴作家群书系. 第四辑）
ISBN 978-7-5063-8974-7

Ⅰ. ①仰… Ⅱ. ①魏… Ⅲ. ①诗集 – 中国 – 当代
Ⅳ. ①I227

中国版本图书馆CIP数据核字（2016）第137662号

仰望昆仑

作　　者：魏彦烈
责任编辑：那　耘　李亚梓　张　婷
装帧设计：翟跃飞
出版发行：作家出版社
社　　址：北京农展馆南里10号　　　邮　　编：100125
电话传真：86-10-65930756（出版发行部）
　　　　　86-10-65004079（总编室）
　　　　　86-10-65015116（邮购部）
E-mail:zuojia@zuojia.net.cn
http://www.haozuojia.com（作家在线）
印　　刷：三河市华业印务有限公司
成品尺寸：152×230
字　　数：110千
印　　张：15.5
版　　次：2016年7月第1版
印　　次：2016年7月第1次印刷
ISBN 978-7-5063-8974-7
定　　价：32.00元